U0057532

生活日語上手

鍾錦祥◎編著

隨書附贈光碟

序

　　日本與台灣在戰後無論觀光、經貿及人員等來往和交流都非常密切，國人每年赴日觀光交流、談生意與留學的人數也超過二百萬人次以上。而日本人來台觀光交流人數也達一百五十萬人次以上，另外日系企業在台灣也不少。因此國人除了赴日觀光交流、談生意與留學之外，在台進入日系企業服務的機會也很多，因此可以說國人在日常生活當中和日本人來往交流的機會是不少的。而與日本人來往交流當中，除了基本上的打招呼、問好外，日本人會經常習慣性出現一些生活上常見的話題，那就是關於個人嗜好、家人與居所等話題。當然如果要到日系企業應徵求職的話，日本人主管除了會就個人專業能力上做了解之外，也一定會就個人在家庭、生活上一些情形進行了解。

　　針對以上情形，於是筆者根據曾在日本留學生活，以及在國際觀光飯店、日商公司上班等經驗中，得知日本人在生活交流與求職面試可能談論的基本話題，以及赴日觀光旅遊時經常會使用到的生活會話來進行編撰此書。以便欲赴日觀光、留學，或到日系相關企業應徵服務，或和日本人來往交流時，能夠輕鬆應答與交談。

　　為了讓學習者能夠真正開口說日語，本書的每一課以實際的生活情境當背景，並採一對一實況對話方式來編寫，因而可以用角色扮演的方式來演練，經演練熟練後，即可以流暢的日語和日本人在生活上交流溝通。此外，本書在每一課的課文後面，皆附有生詞與相關辭彙，可以在學習課文前事先熟讀暗記，以便學習課文時，可達舉一反三、事半功倍及觸類旁通之效。

　　總之，這是一本精心編寫與實務結合的實用生活日語會話書，只要

熟讀與學會其內容，必定可讓您在赴日留學、觀光時，與日本人生活交流得心應手。本書亦可當作想要赴日系企業應徵時，在應答個人與家庭生活等相關問題之用，為一本實用之生活日語會話書。

　　最後，這本書能夠付梓與發行要感謝揚智文化事業股份有限公司總經理葉忠賢先生與總編輯閻富萍小姐的鼓勵及支持。

鍾錦祥　謹識

目　錄

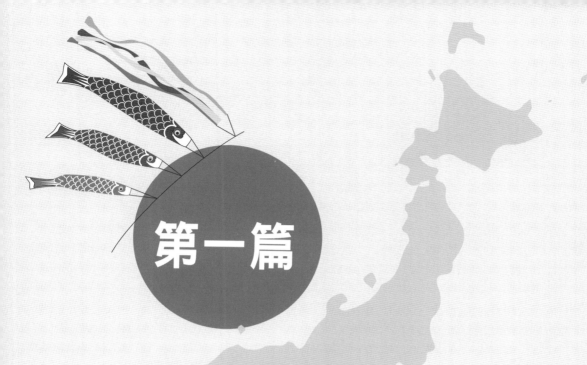

第一篇

認識日本語文與發音

認識日本語文的起源

第一節　日本語文起源

　　日本原來是一個有語言而沒有文字的國家，自中國漢字傳入之後，雖然日文漢字的寫法完全與中國一樣，但是由於中文與日文的文法不同，所以就無法完全用漢字來表達，因此必要時候只好把漢字當作拼音的字母來使用，如：

　　於奈加我須以多
　　おなかがすいた
　　肚子餓了

　　奈良時代（西元710～793）的「万業集」就是以這種方式寫成的。到了平安時代（西元794～1189），為了更容易簡單表達日文，因而利用漢字創造了平假名與片假名。所謂平假名就是由漢字的草書演變而來，如：安→あ，而片假名則是取漢字偏旁而成，如：阿→ア。

第二節　日文的組成

　　日文的組成可分漢字、平假名、片假名、外來語和字及羅馬字六個部分。

一、漢字

　　就是古代自中國輸入的文字，其寫法與字義大部分和目前我們所使用

的中文沒有兩樣，但是有一部分其寫法與字義有點不同。其寫法不同的例子有：當→当，寫→写，圓→円。而字義不同的有，如：湯→熱水、海老→蝦子、独活→當歸、独楽→陀螺、案山子→稻草人等。

除此之外有一部分的日文漢字的辭彙是把原有中文辭彙用倒裝的方式來表達，如：狂熱→熱狂、減輕→輕減、熱情→情熱。

另外日本還利用漢字自創辭彙，如：桜肉→馬肉、大根→蘿蔔、馬鹿→笨蛋、八百長→假比賽、天地無用→勿倒置等。

接著就漢字的唸法來看，漢字、日文唸法基本可分漢音與訓音兩種。

1. 漢音：其唸法仿照古代漢字的發音，如：新鮮→しんせん、運気→うんき、万歳→ばんざい等。

2. 訓音：就是漢字套上日本原有語言的唸法。如：亀→かめ、犬→いぬ、猿→さる等。

3. 同一漢字在不同辭彙裡一般可分別唸成漢音與訓音，如：立春→りっしゅん、春→はる。

4. 同一漢字在不同辭彙裡可分別唸成多音，如：雨、雷雨、梅雨、春雨、雨傘、時雨。

二、平假名

由漢字的草書演變而成，如：於→お、宇→う。

三、片假名

取漢字偏旁而成，如：江→エ、伊→イ。

四、外來語

　　就是把外國語文用片假名拼音而成，如：engine →エンジン引擎、toilet→トイレ廁所、（荷）Duits→ドイツ德國、（葡）Inglez →イギリス英國、公車→バス、handle→ハンドル方向盤。

五、和字

　　為模仿漢字自創的文字，如：風箏→凧、十字路→辻、沼澤→沢、日圓→円。

六、羅馬字

　　就是將日文用英文的二十六個字母來拼音，如：中井→NAKAI、大阪→OSAKA。

第三節　日本文字的應用

　　日本一般書籍、雜誌、報紙、書信等文章主要是以漢字、平假名、片假名、和字及阿拉伯數字所混合構成。而電報、電傳等則多以羅馬字構成。

第四節　日本語文的特徵

　　日本語的基本特徵就是日文是一種階級語文，其使用會因為不同身分、地位、職業、親屬輩分、年齡及場合在同一句話之下有不同的表達方式，其表達方式可分為「常體」、「敬語」（丁寧語）及「最敬語」（謙讓語），如：

我是學生

常體	私(わたし) は	学生(がくせい)だ。
敬語（丁寧語）	私(わたし) は	学生(がくせい)です。
最敬語（謙讓語）	私(わたし) は	学生(がくせい)でございます。

　　二次世界大戰之後，日語簡化不少，目前除了服務業、政治人物與特殊場合之外很少用最敬語，一般日常生活之中大都只用敬語與常體。而常體通常只用於家人、同輩分或親密之親友，就外國人而言，為了避免失禮及不必要的誤會或糾紛最好使用敬語。

第二章

平假名

第一節　平假名五十音表與寫法

段 / 行	あ段		い段		う段		え段		お段	
あ行	a	あ	i	い	u	う	e	え	o	お
か行	ka	か	ki	き	ku	く	ke	け	ko	こ
さ行	sa	さ	si	し	su	す	se	せ	so	そ
た行	ta	た	chi	ち	tsu	つ	te	て	to	と
な行	na	な	ni	に	nu	ぬ	ne	ね	no	の
は行	ha	は	hi	ひ	hu	ふ	he	へ	ho	ほ
ま行	ma	ま	mi	み	mu	む	me	め	mo	も
や行	ya	や			yu	ゆ			yo	よ
ら行	ra	ら	ri	り	ru	る	re	れ	ro	ろ
わ行	wa	わ							wo	を
	n	ん								

註1：字母は發音ha時為用於一般文字，如：はやい（快的）。但は發音為wa時則是當助詞，原則上其前面接主語，如：花は　咲く（開花）。

註2：字母へ發音he時為用於一般文字，如：下手（不擅長），但へ發音為e時則是當助詞，表示前往方向或目的地，如：東京へ行く（前往東京）。

註3：字母を只當助詞，原則上其前面接受語，後接他動詞，如：本を読む（看書）。

第二節　清音

一、清音

一共有四十五個音：

a	あ	i	い	u	う	e	え	o	お
ka	か	ki	き	ku	く	ke	け	ko	こ
sa	さ	si	し	su	す	se	せ	so	そ
ta	た	chi	ち	tsu	つ	te	て	to	と
na	な	ni	に	nu	ぬ	ne	ね	no	の
ha	は	hi	ひ	hu	ふ	he	へ	ho	ほ
ma	ま	mi	み	mu	む	me	め	mo	も
ya	や			yu	ゆ			yo	よ
ra	ら	ri	り	ru	る	re	れ	ro	ろ
wa	わ							wo	を

二、發音練習

(1)阿呆	あほう	傻瓜	(2)猫	ねこ	貓
(3)嘘	うそ	謊言	(4)本当	ほんとう	真的
(5)鬼	おに	鬼	(6)呉服	ごふく	和服
(7)御飯	ごはん	御飯	(8)痴漢	ちかん	色魔
(9)最高	さいこう	最棒	(10)母	はは	母
(11)そろそろ		差不多	(12)夢	ゆめ	夢想

第三節　鼻音

一、鼻音

ん

二、發音練習

(1)温泉	おんせん	溫泉	(2)混浴	こんよく	共浴
(3)大変	たいへん	不得了	(4)反対	はんたい	反對
(5)満員	まんいん	客滿	(6)割勘	わりかん	自付

第四節　濁音

一、濁音

ga	が	gi	ぎ	gu	ぐ	ge	げ	go	ご
za	ざ	ji	じ	zu	ず	ze	ぜ	zo	ぞ
da	だ	ji/di	ぢ	zu/du	づ	de	で	do	ど
ba	ば	bi	び	bu	ぶ	be	べ	bo	ぼ

二、發音練習

(1)頑張る　がんばる　加油　　(2)屑　　くず　　垃圾
(3)駄目　だめ　不行　　(4)別別　べつべつ　分別
(5)無事　ぶじ　平安　　(6)どうぞ　　請
(7)禿　はげ　禿頭　　(8)豚　ぶた　豬
(9)泥棒　どろぼう　小偷　　(10)でかい　　大的
(11)象　ぞう　大象　　(12)ぼろぼろ　　破爛貌

第五節　半濁音

一、半濁音

pa	ぱ	pi	ぴ	pu	ぷ	pe	ぺ	po	ぽ

二、發音練習

(1)乾杯　かんぱい　乾杯

(2)先輩　せんぱい　學長

(3)ちんぴら　　　　小混混

(4)ぴかぴか　　　　閃光貌

(5)ぺらぺら　　　　流暢的

(6)ぽかぽか　　　　暖和貌

第六節　拗音

一、拗音

kya	きゃ	kyu	きゅ	kyo	きょ
sha	しゃ	shu	しゅ	sho	しょ
cha	ちゃ	chu	ちゅ	cho	ちょ
nya	にゃ	nyu	にゅ	nyo	にょ

hya	ひゃ	hyu	ひゅ	hyo	ひょ
mya	みゃ	myu	みゅ	myo	みょ
rya	りゃ	ryu	りゅ	ryo	りょ
gya	ぎゃ	gyu	ぎゅ	gyo	ぎょ
ja	じゃ	ju	じゅ	jo	じょ
bya	びゃ	byu	びゅ	byo	びょ
pya	ぴゃ	pyu	ぴゅ	pyo	ぴょ

二、發音練習

(1)今日 きょう	きょう	今天	(2)蒟蒻 こんにゃく	こんにゃく	蒟蒻
(3)お茶漬 ちゃづけ	おちゃづけ	茶泡飯	(4)写真 しゃしん	しゃしん	照片
(5)牛乳 ぎゅうにゅう	ぎゅうにゅう	牛奶	(6)邪魔 じゃま	じゃま	麻煩
(7)旅館 りょかん	りょかん	旅館	(8)上手 じょうず	じょうず	很棒
(9)病気 びょうき	びょうき	生病	(10)山脈 さんみゃく	さんみゃく	山脈

第七節　促音

一、促音

　　即停頓音，其通常位於兩個音之間，以小寫「っ」來表示。所謂停頓音，就是遇到促音「っ」之際，不要把「っ」唸出聲來，而是稍微停頓一下後，繼續把後面的字音唸出來。

二、發音練習

(1)ゆっくり　慢慢來　　　　(2)ちょっと　　　稍微

(3)そっくり　非常像　　　　(4)一緒　いっしょ　一起

(5)たっぷり　豐富的　　　　(6)いっぱい　　　一杯

第八節　長音

一、長音

　　把某一個音加長一倍長度唸出來。

(1)あ段（あ.か.さ.た.は.ま.や.ら.わ）+「あ」唸長音。

(2)い段（い.き.し.ち.に.ひ.み.り）+「い」唸長音。

(3)う段（う.く.す.つ.ぬ.ふ.む.ゆ.る）+「う」唸長音。

(4)え段（え.け.せ.て.ね.へ.め.れ）+「い」唸長音。

(5)わ段（お.こ.そ.と.の.ほ.も.よ.ろ）+「う」唸長音。

二、發音練習

(1)まあまあ		馬馬虎虎	(2)英雄 えいゆう		英雄
(3)お父さん おとうさん		父親	(4)いい		好的
(5)お母さん おかあさん		母親	(6)生活 せいかつ		生活
(7)おいしい		好吃的	(8)大きい おおきい		大的

第九節　重音

日語發音，在一個音節裡，需要唸的比較重的地方叫重音，同一個字音往往因重音所在不同，而意義也完全不同，這點要特別注意。

如：

はな	花	はな	鼻子
もも	大腿	もも	桃子
うみ	海	うみ	膿
はし	筷子	はし	橋
いし	意志	いし	石

說明：字母上有劃線者為重音所在。

片假名

第一節　清音五十音表與寫法

一、清音

a	ア	i	イ	u	ウ	e	エ	o	オ
ka	カ	ki	キ	ku	ク	ke	ケ	ko	コ
sa	サ	si	シ	su	ス	se	セ	so	ソ
ta	タ	chi	チ	tsu	ツ	te	テ	to	ト
na	ナ	ni	ニ	nu	ヌ	ne	ネ	no	ノ
ha	ハ	hi	ヒ	hu	フ	he	ヘ	ho	ホ
ma	マ	mi	ミ	mu	ム	me	メ	mo	モ
ya	ヤ			yu	ユ			yo	ヨ
ra	ラ	ri	リ	ru	ル	re	レ	ro	ロ
wa	ワ							wo	ヲ
n	ン								

二、發音練習

(1)アニメ	animation	卡通、電漫
(2)チップ	tip	小費
(3)トマト	tomato	番茄
(4)ケーキ	cake	蛋糕
(5)カメラ	camera	照相機
(6)ワイン	wine	葡萄酒
(7)コーヒー	koffie（荷）	咖啡
(8)カレーライス	curry rice	咖哩飯
(9)メール	mail	信件、電子郵件
(10)タクシー	taxi	計程車

第二節　鼻音

一、鼻音

n	ン

二、發音練習

(1)ファン	fan	影迷、歌迷
(2)コンビニ	convenience store	便利商店
(3)ピンク	pink	粉紅色
(4)インターネット	internet	網路
(5)サイン	signature	簽名

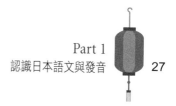

第三節　濁音

一、濁音

ga	ガ	gi	ギ	gu	グ	ge	ゲ	go	ゴ
za	ザ	ji	ジ	zu	ズ	ze	ゼ	zo	ゾ
da	ダ	ji/di	ヂ	zu/du	ヅ	de	デ	do	ド
ba	バ	bi	ビ	bu	ブ	be	ベ	bo	ボ

二、發音練習

(1)アイドル　　　　　idol　　　　　偶像

(2)イメージ　　　　　image　　　　印象

(3)サービス　　　　　service　　　服務、免費招待

(4)バナナ　　　　　　banana　　　香蕉

(5)ビール　　　　　　bier（荷）　　啤酒

(6)デート　　　　　　date　　　　　約會

🏮 第四節　半濁音

一、半濁音

| pa | パ | pi | ピ | pu | プ | pe | ペ | po | ポ |

二、發音練習

(1)スーパー　　　　　　　supermarket　　　　超市
(2)アパート　　　　　　　apartment　　　　　出租房間

🏮 第五節　拗音

一、拗音

kya	キャ	kyu	キュ	kyo	キョ
sha	シャ	shu	シュ	sho	ショ
cha	チャ	chu	チュ	cho	チョ
nya	ニャ	nyu	ニュ	nyo	ニョ
hya	ヒャ	hyu	ヒュ	hyo	ヒョ

mya	ミャ	myu	ミュ	myo	ミョ
rya	リャ	ryu	リュ	ryo	リョ
gya	ギャ	gyu	ギュ	gyo	ギョ
ja	ジャ	ju	ジュ	jo	ジョ
bya	ビャ	byu	ビュ	byo	ビョ
pya	ピャ	pyu	ピュ	pyo	ピョ

二、發音練習

(1)ニュース	news	電視新聞、消息
(2)ネット・カフェ	internet café	網咖
(3)チャンス	chance	機會
(4)ミュージック	music	音樂
(5)キャンセル	cancel	取消

🏮 第六節　長音

　　片假名長音直寫之際在該字音後加上「｜」，而橫寫之際則在該字音之後加上「—」。如：

(1)ルール	rule	規定、規則
(2)セーフ	safe	安全

第二篇

生活用語篇

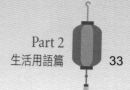

第一課

あいさつ　打招呼

正子
おはようございます。
早安。

お婆ちゃん
おはようございます、元気そうですね。
早，精神很不錯的樣子喔！

正子
先生、おはようございます。
老師早安。

先生
おはようございます。
早。

正子
春子ちゃん、こんにちは。
春子，你好。

春子
こんにちは、いいお天気ですね。
你好，天氣不錯喔！

34　生活日語上手

| 正子 | はい、そうですね。 |
| | 是的。 |

正子	そろそろ、帰りましょう。
	時間差不多了，要回家了。
	さようなら、頑張ってください。
	再見！加油了！

| 春子 | さようなら、気を　つけてください。 |
| | 再見，小心喲！ |

| 正子 | お爺ちゃん、こんばんは。 |
| | 爺爺晚安。 |

| お爺ちゃん | こんばんは。 |
| | 晚安。 |

| 正子 | お母さん、お休みなさい。 |
| | 媽媽晚安（睡前）。 |

| 母 | お休み。 |
| | 晚安。 |

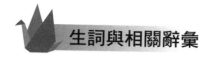 生詞與相關辭彙

1.あいさつ		打招呼、致詞
2.おはようございます		早安
3.こんにちは		日安、您好
4.こんばんは		晚安
5.お休みなさい	おやすみなさい	晚安（睡前）
6.元気	げんき	精神
7.いい		好的
8.先生	せんせい	老師、醫生、專業人士
9.様	さま	先生、小姐（最敬語）
10.さん		先生、小姐（敬語）
11.君	くん	上對下之稱呼
12.ちゃん		熟識者之間的暱稱
13.天気	てんき	天氣
14.そろそろ		差不多
15.帰る	かえる	回家
16.頑張る	がんばる	加油
17.気をつける		注意、小心
18.お爺ちゃん	おじいちゃん	祖父
19.お婆ちゃん	おばあちゃん	祖母
20.お母さん	おかあさん	母親（敬語）
21.お父さん	おとうさん	父親（敬語）
22.父	ちち	家父（自稱）

23.母（はは）　　はは　　　　　　家母（自稱）
24.お蔭様で（かげさま）　おかげさまで　　託福
25.下さい（くだ）　　ください　　　　請、給我、得到（敬語）
26.くれる　　　　　　　　　　　　請、給我、得到（常體）
27.はい　　　　　　　　　　　是的、瞭解
28.いいえ　　　　　　　　　　不是、不客氣

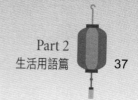

第二課

外出 外出
がいしゅつ

和男くん ^{かずお}	学校へ　行って来ます。 ^{がっこう}　　^い　　^き 我要去上學了。
お母さん ^{かあ}	行ってらっしゃい。 ^い 順走喔！
夫 ^{おっと}	会社に　行ってくる。 ^{かいしゃ}　^い 去公司上班了。
妻 ^{つま}	お疲れ様、行ってらっしゃい。 ^{つか}^{さま}　　^い 辛苦了！順走。
惠子ちゃん ^{けいこ}	お母さん、お婆ちゃんと　遊園地へ　行って来ます。 ^{かあ}　　^{ばあ}　　　^{ゆうえんち}　^い　^き 媽媽，我跟外婆一起去遊樂園了。
お母さん ^{かあ}	はい、行ってらっしゃい。気を　つけてね。 　　^い　　　　　^き 知道！慢走，可要小心喔！

 生詞與相關辭彙

1.学校 （がっこう）	がっこう	學校
2.へ		往（助詞）
3.に		往、向（助詞）
4.行く （い）	いく	去、前往
5.来る （く）	くる	來、到
6.行って来ます （い）（き）	いってきます	要出門了（敬語）
7.いらっしゃる		去、來、在（敬語）
8.行ってらっしゃい （い）	いってらっしゃい	順走
9.会社 （かいしゃ）	かいしゃ	公司
10.行ってくる （い）	いってくる	要出門了（常體）
11.お疲れ様 （つか）（さま）	おつかれさま	辛苦了（常體）
12.お疲れ様でした （つか）（さま）	おつかれさまでした	辛苦了（敬語、完成式）
13.ご苦労様 （くろうさま）	ごくろうさま	辛苦了（常體）
14.ご苦労様でした （くろうさま）	ごくろうさまでした	辛苦了（敬語、完成式）
15.と		與、和（助詞）
16.遊園地 （ゆうえんち）	ゆうえんち	遊樂園
17.動物園 （どうぶつえん）	どうぶつえん	動物園
18.リゾート	resort	渡假村
19.テーマパーク	theme park	主題樂園

第三課

帰宅 きたく　　回家

直子ちゃん　　ただいま。
なおこ
　　　　　　我回來了。

お母さん　　お帰り。
かあ　　　　かえ
　　　　　　你回來了。

夫　　　　　ただいま。
おっと
　　　　　　我回來了。

妻　　　　　お疲れ様でした、お帰りなさい。
つま　　　　つか　さま　　　　　かえ
　　　　　　辛苦了！你回來了。

夫　　　　　お茶を　入れてくれないん。
おっと　　　ちゃ　　い
　　　　　　可以給我一杯茶嗎？

妻　　　　　はい、お茶を　どうぞ。
つま　　　　　　ちゃ
　　　　　　是的！請喝茶。

夫　　　　　ありがとう。
おっと
　　　　　　謝謝！

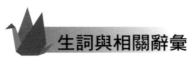 生詞與相關辭彙

1.只今 ただいま	ただいま	我回來了、現在
2.今 いま	いま	現在
3.現在 げんざい	げんざい	現在
4.お帰りなさい かえ	おかえりなさい	你回來了
5.お茶 ちゃ	おちゃ	茶水
6.コーヒー	Koffie（荷）	咖啡
7.水 みず	みず	水
8.ミネラルーウォーター	mineral water	礦泉水
9.ジュース	juice	果汁
10. 牛乳 ぎゅうにゅう	ぎゅうにゅう	牛乳
11.ミルク	milk	牛乳
12.くれる		給我（常體）
13.くれない		不給（常體）
14.どうぞ		請
15.どうも	どうもありがとうご ざいます的簡稱	謝謝、非常
16.入れる い	いれる	加入、泡（茶）

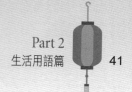

第四課

初対面のあいさつ
初次見面的打招呼

吉田	はじめまして、吉田です。
	はじめまして、吉田と申します。
	幸會！我是吉田。
	どうぞ　宜しくお願いします。
	請多多指教。
呉	はじめまして、呉です。こちらこそ、
	宜しく　お願いします。
	幸會！我姓呉，彼此彼此，多指教。

一、生詞與相關辭彙

1.はじめまして　　　　　　　　　　　　幸會（初次見面）

2.始まる　　　　　　はじまる　　　　開始

3. 申す	もうす	說、叫（謙讓語）
4. 宜しく	よろしく	指教
5. 宜しい	よろしい	好的、可以
6. 願う	ねがう	拜託、祈願
7. こちらこそ		彼此、互相
8. こちら		這邊、這裡、這位
9. こそ		才是、尤其
10. そちら		那邊
11. あちら		那一邊

二、台灣主要姓氏

伊（い）　殷（いん）　烏（う）　閻（えん）　王（おう）　汪（おう）　翁（おう）　歐（おう）　温（おん）　何（か）　華（か）　夏（か）　花（か）　郭（かく）　官（かん）　管（かん）

関（かん）　簡（かん）　韓（かん）　甘（かん）　岳（がく）　顔（がん）　紀（き）　祈（き）　金（きん）　丘（きゅう）　邱（きゅう）　姜（きょう）　許（きょ）　魏（ぎ）　厳（げん）　古（こ）

胡（こ）　顧（こ）　洪（こう）　孔（こう）　洪（こう）　高（こう）　江（こう）　黄（こう）　候（こう）　谷（こく）　蔡（さい）　崔（さい）　司（し）　史（し）　施（し）　謝（しゃ）

朱（しゅ）　徐（じょ）　周（しゅう）　習（しゅう）　祝（しゅく）　鍾（しょう）　章（しょう）　将（しょう）　焦（しょう）　秦（しん）　辛（しん）　石（せき）　銭（せん）　宣（せん）　冉（ぜん）　蘇（そ）

曾（そ）　楚（そ）　曹（そう）　荘（そう）　宋（そう）　孫（そん）　卓（たく）　段（だん）　池（ち）　張（ちょう）　趙（ちょう）　陳（ちん）　沈（ちん）　杜（と）　董（とう）　陶（とう）

湯（とう）　唐（とう）　丁（てい）　鄭（てい）　程（てい）　翟（たく）　田（でん）　白（はく）　藩（はん）　馬（ば）　包（ほう）　方（ほう）　彭（ほう）　房（ぼう）　蒲（ふ）　任（にん）

孟（もう）　毛（もう）　羅（ら）　藍（らん）　李（り）　陸（りく）　劉（りゅう）　柳（りゅう）　龍（りゅう）　梁（りょう）　凌（りょう）　林（りん）　黎（れい）　連（れん）　呂（りょ）　尤（ゆう）

余（よ）　楊（よう）　葉（よう）

三、自我介紹

皆^{みな}さん、こんにちは。　はじめまして　私^{わたし}は　鍾錦祥^{しょうきんしょう}と申^{もう}します。大阪教育大学^{おおさかきょういくだいがく}、教育学^{きょういくがく}の専攻^{せんこう}（卒業^{そつぎょう}）です。どうぞ　宜^{よろ}しくお願^{ねが}いいたします。

大家好！幸會！我叫鍾錦祥。我就讀（畢業）於大阪教育大學的教育學系。敬請多多指教！

第五課

ひさしぶりのあいさつ
久違了的打招呼

宮本（みやもと）　おひさしぶりですね、お元気（げんき）ですか。

好久不見了，你好嗎？

楊（よう）　しばらくですね、お蔭様（かげさま）で　元気（げんき）です。
宮本（みやもと）さんは。

好久不見，託福，我很好，你呢？

宮本（みやもと）　相変（あいか）わらず　元気（げんき）です。

老樣子，很好。

まあまあです。

差強人意。

楊（よう）　素敵（すてき）な格好（かっこう）ですね。

かっこいいですね。

裝扮很酷耶！

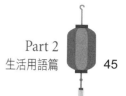

お洒落ですね。

裝扮很漂亮耶！

宮本　　　　ありがとうございます。

謝謝。

 生詞與相關辭彙

1.久しい　　　　　　　ひさしい　　　　　　好久了

2.お久しぶり　　　　　おひさしぶり　　　　好久不見

3.元気　　　　　　　　げんき　　　　　　　很好、精神

4.元気じゃない　　　　げんきじゃない　　　不好

5.暫く　　　　　　　　しばらく　　　　　　暫且、一陣子

6.しばらくでした　　　　　　　　　　　　　一陣子沒見了

7.ご無沙汰　　　　　　ごぶさた　　　　　　久違了！

8.相変わらず　　　　　あいかわらず　　　　一樣沒變

9.まあまあ　　　　　　　　　　　　　　　　普通

10.格好　　　　　　　　かっこう　　　　　　裝扮、樣子

11.お洒落　　　　　　　おしゃれ　　　　　　時髦、漂亮

12.綺麗　　　　　　　　きれい　　　　　　　美麗、乾淨

13.素敵　　　　　　　　すてき　　　　　　　很棒

14.ありがとうございます　　　　　　　　　　謝謝！

第六課
身の上の話　個人話題

吉田　お名前は。

你叫什麼名字？

鍾　鍾錦祥です。

鍾錦祥。

吉田　御出身は　どちらですか。

您的出生地在哪裡？

王　桃園市です。

台灣桃園市。

吉田　おいくつですか。
何歳ですか。

你幾歲？

王　二十歳です。

二十歲。

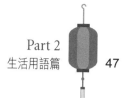

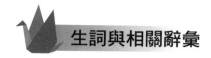 生詞與相關辭彙

1.名前	なまえ	名字
2.出身	しゅっしん	出身
3.出身地	しゅっしんち	出身地
4.どこ		哪裡
5.そこ		那裡
6.あそこ		在哪裡
7.いくつ		幾歲、多少
8.何歳	なんさい	幾歲
9.二十歳	はたち	二十歲
10.数字：		

いち 一	に 二	さん 三	し 四	ご 五	ろく 六	しち 七	はち 八	く 九	じゅう 十
にじゅう 二十		さんじゅう 三十		よんじゅう 四十		ごじゅう 五十		ろくじゅう 六十	
ななじゅう 七十		はちじゅう 八十		きゅうじゅう 九十		きゅうじゅうきゅう 九十九		ひゃく 百	

 生活日語上手

11.年齢（ねんれい）：

一歳（いっさい）　二歳（にさい）　三歳（さんさい）　四歳（よんさい）　五歳（ごさい）　六歳（ろくさい）

七歳（ななさい）　八歳（はっさい）　九歳（きゅうさい）　十歳（じゅっさい）（十歳（じっさい））

還暦（かんれき）（六十歳）

12.台灣部分縣市地區：

台北市（たいぺいし）　新北市（しんぺいし）　桃園市（とうえんし）　台中市（たいちゅうし）　台南市（たいなんし）　高雄市（たかおし）

基隆市（きいるん）　宜蘭県（ぎらんけん）　新竹県（しんちくけん）　苗栗県（びょうりつけん）　彰化県（しょうかけん）　南投県（なんとうけん）

雲林県（うんりんけん）　嘉義県（かぎけん）　花蓮県（かれんけん）　台東県（たいとうけん）　屏東県（へいとうけん）　板橋区（いたばしく）

澎湖（ぼうこ）　金門（きんもん）　馬祖（ばそ）　緑島（りょくとう）　新荘区（しんそうく）　三重区（みえく）

第七課

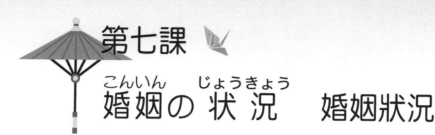

婚姻の 状 況　婚姻狀況

吉田　　　　　あなたは　結婚していますか。

你結婚了嗎？

王　　　　　　いいえ、独身です。

いいえ、シングルです。

沒有，還是單身。

吉田　　　　　恋人が　いますか。

彼女が　いますか。

有女朋友嗎？

彼氏が　いませんか。

沒有男朋友嗎？

王　　　　　　はい、います。

有。

いいえ、いません。

不，沒有。

| 王 | はい、結婚しています。 |
| | 是的，結婚了。 |

吉田	子供さんが　いますか。
	お子さんが　いますか。
	有小孩嗎？

| 王 | はい、二人　います。 |
| | 有的，有兩個。 |

生詞與相關辭彙

1.お前	おまえ	你、妳（平輩）
2.結婚	けっこん	結婚
3.独身	どくしん	單身
4.シングル	single	單身
5.恋人	こいびと	情人
6.彼女	かのじょ	女朋友、她
7.彼氏	かれし	男朋友、他
8.ガール・フレンド	girl friend	女朋友
9.ボーイ・フレンド	boy friend	男朋友
10.子供	こども	小孩

11.いる	有、在（生物）
12.います	有、在（敬語）
13.いない	沒有、不在（生物）
14.いません	沒有、不在（敬語）
15.ある	有（物質）
16.あります	有（敬語）
17.ございます	有（最敬語）
18.ない	沒有（物質）
19.ありません	沒有（敬語）
20.ございません	沒有（最敬語）

21.人数：

ひとり一人　　ふたり二人　　さんにん三人　　よにん四人　　ごにん五人　　　ろくにん六人

ななにん七人　　（しちにん七人）　はちにん八人　　くにん九人　　（きゅうにん九人）　じゅうにん十人

第八課

しゅっしんこう
出 身 校　　畢業學校

吉田 よしだ	御出身大学は　どちらですか。 ごしゅっしんだいがく 出身校は　どちらですか。 しゅっしんこう 你是哪一所大學畢業的？
王 おう	台湾大学です。 たいわんだいがく 台灣大學。 東南科技大学です。 とうなん か ぎ だいがく 東南科技大學。
吉田 よしだ	専攻は　何ですか。 せんこう　なん 你唸的是哪一科系？
王 おう	観光事業管理です。 かんこうじぎょうかんり 觀光系。
吉田 よしだ	専門は　何ですか。 せんもん　なん 你的專長是什麼？

王　　　　　　旅館経営管理です。
　　　　　　　旅館經營管理。

吉田　　　　　アルバイトを　していますか。
　　　　　　　有在打工嗎？

王　　　　　　はい。　　いいえ。
　　　　　　　有的。　　沒有。

 生詞與相關辭彙

1.出身校	しゅっしんこう	畢業學校
2.専攻	せんこう	主修科系
3.専門	せんもん	專長
4.旅館	りょかん	旅館（日式木造）
5.ホテル	hotel	飯店（西式）
6.アルバイト	arbeit（德）	打工、工讀
7.パート	part	兼職打工
8.学科	がっか	學系
9.学部	がくぶ	學院
10.電子工学	でんしこうがく	電子工程
11.電機工学	でんきこうがく	電機工程

12.情報工学	じょうほうこうがく	資訊工程
13.情報管理	じょうほうかんり	資訊管理
14.経営管理	けいえいかんり	經營管理
15.流通管理	りゅうつうかんり	行銷管理
16.国際貿易	こくさいぼうえき	國際貿易
17.ビジュアルデザイン	visual design	視覺傳達設計
18.空間デザイン	くうかんdesign	室內設計
19.製品デザイン	せいひんdesign	產品設計
20.応用英語	おうようえいご	應用英語
21.応用日本語	おうようにほんご	應用日語
22.観光事業管理	かんこうじぎょうかんり	觀光系
23.レジャー事業管理	leisureじぎょうかんり	休閒事業管理系

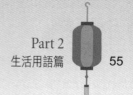

第九課

夢と趣味　　夢想與嗜好
ゆめ　しゅみ

よしだ
吉田　　　あなたの夢は　何ですか。
ゆめ　　なん
你的夢想是什麼？

おう
王　　　金持ちに　なりたいです。
かねも
想成為有錢人。

よしだ
吉田　　　あなたの抱負は　何ですか。
ほうふ　　なん
你的抱負為何？

おう
王　　　大学院に　入りたいです。
だいがくいん　はい
想唸研究所。

よしだ
吉田　　　あなたの趣味は　何ですか。
しゅみ　　なん
你的興趣是什麼？

おう
王　　　インターネットを　することです。
我喜歡上網。

何_{なに}も ありません。

什麼都沒有。

吉田_{よしだ}　　　　あなたの日本語_{にほんご}は　お上手_{じょうず}ですね。

你的日語說得很棒。

王_{おう}　　　　　　いいえ、　まだ　下手_{へた}です。

哪裡，還差得遠呢！

 ## 生詞與相關辭彙

1.夢_{ゆめ}	ゆめ	夢想、理想、夢
2.金持ち_{かねもち}	かねもち	有錢人
3.なる		變成、成為（前接に）
4.入る_{はい}	はいる	進入、加入
5.サラリーマン	salaried man	上班族
6.自営業_{じえいぎょう}	じえいぎょう	自己開店
7.エンジニア	engineer	技師
8.料理人_{りょうりにん}	りょうりにん	廚師
9.趣味_{しゅみ}	しゅみ	嗜好、興趣
10.インターネット	Internet	網路
11.電子ゲーム_{でんし}	でんしgame	電子遊戲

12.テレビゲーム	television game	電玩
13.読書	どくしょ	看書
14.音楽を聞く	おんがくをきく	聽音樂
15.映画を見る	えいがをみる	看電影
16.動画を見る	どうがをみる	看動畫
17.漫画を読む	まんがをよむ	看漫畫
18. 何	なに	什麼
19.も		也（助詞）
20.すばらしい		很棒、很優秀
21.上手	じょうず	很好、很棒
22.まだ		還、尚未
23.下手	へた	不好、差勁

第十課

家族の紹介　家人介紹

吉田	御家族は　何人ですか。
	你家裡有幾個人。
王	四人です。
	有四個人。
吉田	あなたの兄弟は　何人ですか。
	你有幾個兄弟姊妹？
王	一人です。
	一個人。
吉田	お父さんの職業は　何ですか。
	お父さんは　何を　していますか。
	你父親從事什麼（職業）工作？
王	サラリーマンです。
	上班族。

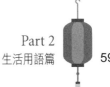

もう　退職しました。

已經退休了。

吉田　　　お母さんの仕事は　何ですか。

你母親從事什麼工作？

王　　　　専業主婦です。

家庭主婦。

吉田　　　あなたは　どこに　住んでいますか。

おすまいは　どちらですか。

お宅は　どちらですか。

你住（家）在哪裡？

王　　　　台北市です。

台北市。

 生詞與相關辭彙

一、家人與親友

1.家族	かぞく	家人
2.兄弟	きょうだい	兄弟（姊妹）
3.姉妹	しまい	姊妹

4.何人 _{なんにん}	なんにん	幾位
5.退職 _{たいしょく}	たいしょく	退休
6.仕事 _{しごと}	しごと	工作
7.住む _す	すむ	住
8.宅 _{たく}	たく	住家
9.すまい		住處
10.一人子 _{ひとりっこ}	ひとりっこ	單生子
11.双子 _{ふたご}	ふたご	雙生兒
12.祖父 _{そ ふ}	そふ	祖父（自稱）
13.祖母 _{そ ぼ}	そぼ	祖母（自稱）
14.お爺さん _{じい}	おじいさん	爺爺、阿公（敬語）
15.お婆さん _{ばあ}	おばあさん	奶奶、阿嬤（敬語）
16.父 _{ちち}	ちち	家父（自稱）
17.母 _{はは}	はは	家母（自稱）
18.兄 _{あに}	あに	哥哥（自稱）
19.姉 _{あね}	あね	姊姊（自稱）
20. 弟 _{おとうと}	おとうと	弟弟
21. 妹 _{いもうと}	いもうと	妹妹
22.おじ		叔／伯、姨／舅父
23.おば		叔／伯母、姨／舅媽
24.おじさん		叔／伯、姨／舅父（敬語）

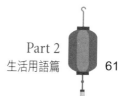

25.おばさん		叔／伯母、姨／舅媽（敬語）
26.お姉さん	おねえさん	姊姊（敬語）
27.お兄さん	おにいさん	哥哥（敬語）
28.主人	しゅじん	我先生
29.夫	おっと	我老公
30.ご主人	ごしゅじん	您先生（敬語）
31.家内	かない	我老婆
32.妻	つま	我妻子
33.女房	にょうぼう	我老婆
34.奥さん	おくさん	您妻子（夫人）（敬語）

二、職業別

1.サラリーマン	salary man	上班族
2.公務員	こうむいん	公務員
3.教師	きょうし	教師
4.会社員	かいしゃいん	上班族
5.エンジニア	engineer	工程師
6.技師	ぎし	工程師
7.タクシー運転手	taxiうんてんしゅ	計程車司機
8.自営業	じえいぎょう	自己做生意
9.料理人	りょうりにん	廚師

10.医者	いしゃ	醫生
11.看護師	かんごし	護士、護理師
12.弁護士	べんごし	律師
13.デザイナー	designer	設計師
14.農業	のうぎょう	農業
15.漁師	りょうし	漁夫
16.パート	part	打工
17.失業中	しつぎょうちゅう	失業中
18.定年退職	ていねんたいしょく	退休
19.専業主婦	せんぎょうしゅふ	專職家庭主婦

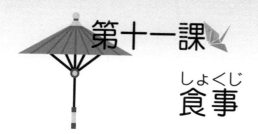

第十一課

しょくじ
食事　　用餐

林 りん	一緒に　食事を　しましょう。 いっしょ　しょくじ
	一起用餐吧？

木村
きむら

はい、何に　しましょうか。
なに

是的，吃什麼？

林
りん

ラーメンは、いかがですか。

拉麵，你覺得如何？

木村
きむら

はい、そうしましょう。

好的！就這樣吧！

林
りん

頂きます。
いただ

我要用餐了！

木村
きむら

はい、どうぞ。

好的，請用。

林（りん）　このラーメンの味（あじ）は　どうですか。

這道料理的味道如何？

木村（きむら）　大変（たいへん）　おいしいです。

非常美味好吃。

目茶苦茶（めちゃくちゃ）　おいしいです。

非常美味好吃。

超（ちょう）　うまいです。

超好吃的。

木村（きむら）　済（す）みません、おかわりを　ください。

不好意思！請再來一碗。

ウエーター　はい。

是的。

木村（きむら）　御馳走（ごちそう）さまでした。

謝謝您的款待。

林（りん）　いいえ、お粗末（そまつ）でした。

那裡，粗茶淡飯而已。

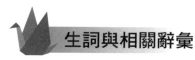
生詞與相關辭彙

1.食事	しょくじ	用餐
2.一緒	いっしょ	一起、一同
3.する		做
4.如何	いかが	覺得如何
5.ご飯	ごはん	飯
6.スープ	soup	湯
7.ビール	beer	啤酒
8.食べる	たべる	食用、吃
9.食う	くう	吃
10.ラーメン		拉麵、湯麵
11.焼きそば	やきそば	炒麵
12.チャーハン		炒飯
13.ギョウザ		餃子
14.日本料理	にほんりょうり	日本料理
15.中華料理	ちゅうかりょうり	中華料理
16.西洋料理	せいようりょうり	西餐
17.頂きます	いただきます	獲得、接受（敬語）
18.この		這個（連體）

19.その		那個（連體）
20.あの		哪一個（連體）
21.味 あじ	あじ	味道
22.どう		覺得怎樣
23.大変 たいへん	たいへん	非常、不得了（副）
24.目茶苦茶 めちゃくちゃ	めちゃくちゃ	不得了（形動）亂七八糟
25.済みません す	すみません	對不起、謝謝
26.おかわり		再來一碗
27.御馳走さま ごちそう	ごちそうさま	謝謝款待、豐盛餐點
28.お粗末 そまつ	おそまつ	粗茶淡飯

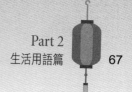

第十二課

ざつだん
雑談　　閒聊

田中 (たなか)	今日(きょう)は、とても　暑(あつ)いですね。 今天好熱呀！
顧 (ご)	はい、本当(ほんとう)に　暑(あつ)いです。 是呀！真的好熱喔！ はい、そうですね。 是呀！ いいえ、暑(あつ)くないです。 いいえ、暑(あつ)くありません。 不，一點也不熱。
田中 (たなか)	このアニメは　面白(おもしろ)いですか。 這卡通有趣（好看）嗎？
顧 (ご)	そうですね。 是的。

はい、面白いです。

是的，很有趣。

いいえ、面白くありません。

不，無趣。

田中　　　　去年の冬は　非常に 寒かったですね。

去年冬天非常冷。

顧　　　　　はい、そうでしたね。

是的。

いいえ、寒くなかったです。

いいえ、寒くありませんでした。

不會冷。

 一、生詞與相關辭彙

1.今日	きょう	今天
2.昨日	きのう	昨天
3.明日	あした	明天
4.明日	あす	明天
5.本当	ほんとう	真的
6.とても		非常
7.非常	ひじょう	非常

8.今年	ことし	今年
9.去年	きょねん	去年
10.来年	らいねん	明年
11.春	はる	春天
12.夏	なつ	夏天
13.秋	あき	秋天
14.冬	ふゆ	冬天
15.アニメーション	animation	卡通
16.小説	しょうせつ	小説

二、常用形容詞

1.暑い	熱的（天氣）	2.寒い	冷的（天氣）
3.熱い	熱的（東西）	4.冷たい	冰的（物質）、冷漠的
5.温かい	溫的（天氣、人情）	6.温い	溫的（液體）
7.涼しい	涼的、不在意	8.暖かい	溫暖的（天氣）
9.強い	強的、壯的	10.弱い	弱的
11.良い	好的	12.悪い	壞的、不好意思的
13.難しい	困難的	14.容易い	容易的
15.すごい	厲害的、棒的	16.素晴らしい	優秀的、太棒了

17.嬉しい	高興的	18.楽しい	快樂的
19.優しい	體貼的	20.きつい	艱辛的、嚴厲的
21.うるさい	囉嗦的、吵的	22.喧しい	喧雜的
23.早い	早的	24.遅い	慢的
25.大きい	大的	26.小さい	小的
27.多い	多的	28.少ない	少的
29.高い	高的、貴的	30.低い	低的
31.美味しい	好吃的	32.まずい	不好吃的、糟了！
33.太い	粗的	34.細い	細的
35.長い	長的	36.短い	短的
37.古い	舊的	38.新しい	新的
39.美しい	美的	40.醜い	醜
41.寂しい	寂寞的	42.惜しい	可惜的
43.可愛い	可愛的	44.嫌らしい	討厭的
45.臭い	臭的	46.生臭い	腥的
47.明るい	亮的、開朗的	48.暗い	暗的
49.辛い	辛苦的	50.苦しい	痛苦的
51.痛い	痛的	52.悲しい	悲傷的
53.汚い	骯髒的	54.ずるい	狡猾的
55.面白い	有趣的	56.つまらない	無聊的

57.恥ずかしい　羞恥的　　58.大人しい　　老實的

59.悔しい　　悔恨的　　60.厳しい　　嚴厲的

61.遠い　　遠的　　62.近い　　近的

63.硬い　　硬的　　64.柔らかい　　柔軟的

65.おかしい　　怪的　　66.忙しい　　忙的

67.酷い　　過分的、非常的　68.厚かましい　　厚臉皮的

第十三課

道を聞く　問路

黄　　すみません、駅へ　行きたいんですが、どう　行ったら
　　　いいですか。
　　　不好意思！我想去車站，請問要怎樣走才好呢？

通行人　信号の　所を　左へ　曲がってください。
　　　請在紅綠燈的地方向左轉。
　　　この突き当たりを　右に　曲がった　所に　あります。
　　　就在這條路盡頭處的右邊轉角地方。
　　　この道を　真っ直ぐ　行ってください。
　　　請順著這條路直走下去。

黄　　ここから　遠いですか。
　　　從這裡到那裡很遠嗎？

通行人　そんなに　遠くないです。歩いて　十分ぐらいです。
　　　不是那麼遠，走路約10分鐘左右。

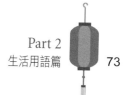

黄　　　　　はい、分かりました。ありがとうございます。

是的，我知道了！謝謝！

通行人　　　いいえ、どういたしまして。

哪裡！不用客氣！

一、生詞與相關辭彙

1.駅	えき	車站
2.バスターミナル	bus terminal	公車總站
3.バス停	busてい	公車站
4.地下鉄	ちかてつ	地鐵
5.信号	しんごう	紅綠燈號誌
6.所	ところ	地方
7.で		在、以、用（助詞）
8.左	ひだり	左邊
9.右	みぎ	右邊
10.曲がる	まがる	彎、轉彎
11.突き当たり	つきあたり	盡頭
12.真っ直ぐ	まっすぐ	一直
13.歩く	あるく	走路

14.徒歩 （と ほ）	とほ	徒步
15.から		從
16.まで		為止
17.遠い （と お）	とおい	遠的
18.近い （ち か）	ちかい	近的
19.ぐらい		大約
20.そんなに		那麼、那樣
21.分かる （わ）	わかる	知道、了解

二、時間

時		分	
1.一時間 （いちじかん）	1小時	1.一分 （いっぷん）	1分鐘
2.二時間 （にじかん）	2小時	2.二分 （にふん）	2分鐘
3.三時間 （さんじかん）	3小時	3.三分 （さんぷん）	3分鐘
4.四時間 （よじかん）	4小時	4.四分 （よんぷん）	4分鐘
5.五時間 （ごじかん）	5小時	5.五分 （ごふん）	5分鐘
6.六時間 （ろくじかん）	6小時	6.六分 （ろっぷん）	6分鐘
7.七時間 （しちじかん）（ななじかん）	7小時	7.七分 （しちふん）（ななふん）	7分鐘
8.八時間 （はちじかん）	8小時	8.八分 （はっぷん）	8分鐘

9.九時間（く　じ　かん）	9小時	9.九分（きゅうふん）	9分鐘
10.十時間（じゅうじかん）	10小時	10.十分（じゅっぷん）（じっぷん）	10分鐘
11.十一時間（じゅういちじかん）	11小時	11.十一分（じゅういっぷん）	11分鐘
12.十二時間（じゅうにじかん）	12小時	12.二十分（にじゅっぷん）（にじっぷん）	20分鐘

 三、日子

1.朝（あさ）	あさ	早上
2.昼（ひる）	ひる	白天
3.夜（よる）	よる	晚上
4.正午（しょうご）	しょうご	中午
5.夕方（ゆうがた）	ゆうがた	傍晚
6.早朝（そうちょう）	そうちょう	一大早
7.今朝（け　さ）	けさ	今晨
8.今晚（こんばん）	こんばん	今晚
9.昨夜（さ　く　や）	さくや	昨晚

第十四課

タクシーで　搭計程車

運転手（うんてんしゅ）　いらっしゃいませ、どちらまで　行（い）かれますか。
歡迎光臨！請問您要到哪裡？

お客様（きゃくさま）　新大阪駅（しんおおさかえき）までお願（ねが）いします。
新大阪車站。

運転手（うんてんしゅ）　はい、かしこまりました。
好的・知道。

お客様（きゃくさま）　予定（よてい）の十時（じゅうじ）の新幹線（しんかんせん）に　間（ま）に合（あ）いますか。
請問是否可以趕得上新幹線十點的列車？

運転手（うんてんしゅ）　渋滞（じゅうたい）しなければ　間（ま）に合（あ）う　かも知（し）れません。
如果不塞車的話・或許可以趕得上。

お客様（きゃくさま）　でも、道路（どうろ）は　かなり混雑（こんざつ）してますね。
可是交通的流量相當的大與混亂。

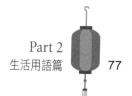

運転手（うんてんしゅ）　お客様（きゃくさま）、お待（ま）たせいたしました。新大阪駅（しんおおさかえき）に　着（つ）きました。

客人讓您久等了，已經到達新大阪車站了。

お客様（きゃくさま）　お蔭様（かげさま）で　予定（よてい）の列車（れっしゃ）に　間（ま）に　合（あ）います。

託您的福，可以趕得上預定列車班次。

ありがとうございます。

謝謝！

生詞與相關辭彙

1.まで		到、為止
2.行（い）かれる	いかれる	去（敬語）
3.駅（えき）	えき	車站
4.空港（くうこう）	くうこう	機場
5.百貨店（ひゃっかてん）	ひゃっかてん	百貨公司
6.映画館（えいがかん）	えいがかん	電影院
7.美術館（びじゅつかん）	びじゅつかん	美術館
8.博物館（はくぶつかん）	はくぶつかん	博物館
9.劇場（げきじょう）	げきじょう	劇場
10.動物園（どうぶつえん）	どうぶつえん	動物園

11.予定　　　　　よてい　　　　　預定

12.間に合う　　　まにあう　　　　趕得上

13.かも知れない　かもしれない　　或許

14.渋滞　　　　　じゅうたい　　　塞車

15.交通　　　　　こうつう　　　　交通

16.混雑　　　　　こんざつ　　　　多而混亂

17.事故　　　　　じこ　　　　　　事故

18.でも　　　　　　　　　　　　　可是

19.かなり　　　　　　　　　　　　相當

20.着く　　　　　つく　　　　　　到了

21.到着　　　　　とうちゃく　　　到達

第十五課

ショッピング　購物

店員
: いらっしゃいませ。
歡迎光臨！

お客様
: これが　欲しいです。いくらですか。
これを　下さい、いくらですか。
我買這個，多少錢？

店員
: こちらで　よろしいですか。
這樣就好了嗎？

お客様
: はい。
是的。

店員
: 五千三百円でございます。
五千三百日圓。

お客様
: ちょっと　高いですね、少し　負けてくれませんか。
有一點兒貴，可不可以算便宜一點兒？

80　生活日語上手

店員	三百円　割引いたします。
	便宜您三百日圓。
客	はい、ありがとう。
	謝謝！
店員	ほかに、何か　お入用のものは　ございませんか。
	其他還有沒有需要的東西？
お客様	では、それを　一つ　ください、いくらですか。
	那麼，我買那一個，多少錢？
店員	六千円でございます。
	六千日圓。
お客様	それでは、全部で　いくらに　なりますか。
	那麼，一共多少錢？
店員	合計で　一万一千円に　なります。
	總共一萬一千日圓。
店員	二万円を　お預かり致します。
	收您二萬日圓。

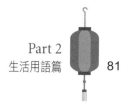

九千円のお返しに　なります。
找您九千日圓。

お客様　クレジット・カードは　使えますか。
可以刷信用卡吧！

店員　はい、ご利用　いただけます。
是的，可以。

お客様　カードを　どうぞ。
卡片，請。

店員　カードを　お預かり致します、少々　お待ち下さい。
收了您的卡片，請稍待一會兒。

店員　ここに　サインを　お願いします。
請在此處簽名。

お客様　はい。
好的。

店員　お待たせいたしました。領収書を　どうぞ。
どうも　ありがとうございました。
您久等了，收據請收下，非常謝謝您！

生活日語上手

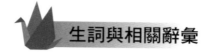

生詞與相關辭彙

1.ショッピング	shopping	購物
2.これ		這個
3.それ		那個
4.あれ		哪一個
5.ほしい		想要
6.いくら		多少
7.ちょっと		稍微、一點點
8.高い	たかい	貴的、高的
9.安い	やすい	便宜的
10.少し	すこし	少許、稍微
11.割引	わりびき	折價
12.値引き	ねびき	折價
13.負ける	まける	輸、折價
14.入用	いりょう	需要、費用
15.ほか		其他
16.クレジット・カード	credit card	信用卡
17.使える	つかえる	可以使用
18.頂ける	いただける	能夠（得到）、可以

19.ここ		這裡
20.そこ		那裡
21.あそこ		哪裡
22.預かる	あずかる	存放、寄放
23.致す	いたす	做（謙讓語）
24.サイン	sign	簽名
25.領収書	りょうしゅうしょ	收據
26.レシート	receipt	收據
27.願う	ねがう	拜託、願望

28.個数：

一つ ひと	二つ ふた	三つ みっ	四つ よっ	五つ いつ	六つ むっ	七つ なな	八つ やっ	九つ ここの	十 とお
一個	二個	三個	四個	五個	六個	七個	八個	九個	十個

29.数詞：

一 いち	二 に	三 さん	四 し	五 ご	六 ろく	七 しち	八 はち	九 く	十 じゅう
二十 にじゅう		三十 さんじゅう		四十 よんじゅう		五十 ごじゅう		六十 ろくじゅう	
七十 ななじゅう		八十 はちじゅう		九十 きゅうじゅう		九十九 きゅうじゅうきゅう			

百 ひゃく	二百 にひゃく	三百 さんびゃく	四百 よんひゃく	五百 ごひゃく
六百 ろっぴゃく	七百 ななひゃく	八百 はっぴゃく	九百 きゅうひゃく	

千 せん	一千 いっせん	二千 にせん	三千 さんぜん	四千 よんせん
五千 ごせん	六千 ろっせん	七千 ななせん	八千 はっせん	九千 きゅうせん

万 まん	一万 いちまん	十万 じゅうまん	百万 ひゃくまん	千万 せんまん
億 おく	兆 ちょう	零 れい		

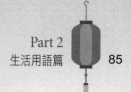

第十六課

デパート　百貨公司

葉（よう）　済（す）みません、紳士服（しんしふく）は　何階（なんかい）ですか。
對不起，請問男士部在哪一層樓？

店員（てんいん）　三階（さんかい）でございます。
在三樓。

葉（よう）　どうも　ありがとう。
謝謝！

温（おん）　エレベーターで　上（あ）がりましょう。
搭乘電梯上去吧！

葉（よう）　はい。
好的。

温（おん）　済（す）みません、シャツは　どこに　ありますか。
對不起！請問襯衫擺在哪裡？

店員 （てんいん）	はい、あちらの反対側（はんたいがわ）の棚（たな）に　ございます。 是的，在那邊對面的架子上。
温 （おん）	どうも　ありがとう。 謝謝！
葉 （よう）	済（す）みません、トイレは　どこですか。 對不起，請問廁所在哪裡？
店員 （てんいん）	はい、向（む）う側（がわ）に　ございます。 是的，在對面。
葉 （よう）	どうも。 謝謝！
店員 （てんいん）	どういたしまして。 那裡！

 ## 生詞與相關辭彙

1.何階（なんかい）	なんかい	幾樓
2.エレベーター	elevator	電梯
3.で		以、在、乘

4.上がる	あがる	上升
5.下りる	おりる	下降
6.シャツ	shirt	襯衫
7.ズボン	jupon	褲子
8.紳士服	しんしふく	男裝
9.婦人服	ふじんふく	女裝
10.ネクタイ	necktie	領帶
11.反対側	はんたいがわ	反向
12.棚	たな	架子
13.トイレ	toilet	廁所
14.デパート	department store	百貨公司
15.向う側	むこうがわ	對向
16.階		樓層

いっかい	にかい	さんがい	よんかい	ごかい	ろっかい	ななかい	はっかい	きゅうかい	じゅっかい
一階	二階	三階	四階	五階	六階	七階	八階	九階	十階
一樓	二樓	三樓	四樓	五樓	六樓	七樓	八樓	九樓	十樓

第十七課
食事（しょくじ）に誘（さそ）う　　邀約共餐

大塚（おおつか）　　もう　お腹（なか）が　すきました。
　　　　　もう　腹（はら）が　減（へ）りました。
　　　　　肚子已經餓了。

許（きょ）　　　　私（わたし）も。
　　　　　我也是。

大塚（おおつか）　　そうしたら　一緒（いっしょ）に　食事（しょくじ）を　しましょう。
　　　　　那樣的話，那就一起去用餐吧！

許（きょ）　　　　はい、いいですよ。
　　　　　好吧！
　　　　　すみません、都合（つごう）が　悪（わる）いです。
　　　　　不好意思！有點不方便。

大塚（おおつか）　　食（た）べ物（もの）の好（す）き嫌（きら）いは　ありませんか。
　　　　　對於食物你有喜歡或不喜歡的嗎？

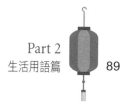

許　　　　　特^{とく}に。

没有特別的。

大塚^{おおつか}　　それでは、日本料理^{にほんりょうり}に　しましょう。

如果那樣的話！那就吃日本料理喔！

 ## 生詞與相關辭彙

1.食事^{しょくじ}	しょくじ	用餐
2.もう		已經
3.も		也（助詞）
4.お腹^{なか}	おなか	肚子
5.腹^{はら}	はら	腹部
6.空^すく	すく	空的
7.減^へる	へる	減少、肚子餓
8.そうしたら		這樣的話
9.一緒^{いっしょ}	いっしょ	一起、共同
10.都合^{つごう}	つごう	時候、時機
11.悪^{わる}い	わるい	壞的、不好
12.済^すみません	すみません	對不起、謝謝

13.御免なさい	ごめんなさい	對不起
14.空腹	くうふく	肚子餓
15.特に	とくに	特別
16.好き嫌い	すききらい	喜惡
17.好き	すき	喜歡
18.嫌い	きらい	討厭
19.誘う	さそう	邀約

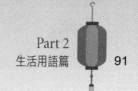

第十八課

にほんりょうりや
日本料理屋　　日本料理店

マスター　　いらっしゃいませ、<ruby>何名様<rt>なんめいさま</rt></ruby>でしょうか。

歡迎光臨！請問有幾位？

<ruby>大塚<rt>おおつか</rt></ruby>　　<ruby>二人<rt>ふたり</rt></ruby>です。

兩位。

マスター　　<ruby>何<rt>なん</rt></ruby>に　なさいますか。

請問您要點什麼？

<ruby>大塚<rt>おおつか</rt></ruby>　　<ruby>刺身<rt>さしみ</rt></ruby>は　どうですか。

你覺得生魚片如何？

<ruby>許<rt>きょ</rt></ruby>　　<ruby>大好<rt>だいす</rt></ruby>きです。

非常喜歡。

<ruby>私<rt>わたし</rt></ruby>は　<ruby>生<rt>なま</rt></ruby>ものは　<ruby>苦手<rt>にがて</rt></ruby>なんですが。

我不太喜歡吃生的東西。

大塚 おおつか	とりあえず　寿司^{すし}と刺身^{さしみ}を お願^{ねが}いします。
	首先，請給我壽司和生魚片。
マスター	はい、かしこまりました。
	好的，遵命。
	お飲^のみ物^{もの}は　何^{なん}に　なさいますか。
	請問要點什麼飲料？
許^{きょ}	日本酒^{にほんしゅ}を　下^{くだ}さい。
	請給我日本酒。

 生詞與相關辭彙

1.何名^{なんめい}	なんめい	幾位
2.～名^{めい}	～めい	～位
3.食べ物^{たべもの}	たべもの	食物
4.好き嫌い^{すききらい}	すききらい	喜惡
5.特に^{とくに}	とくに	特別
6.刺身^{さしみ}	さしみ	生魚（肉）片
7.納豆^{なっとう}	なっとう	發酵黄豆
8.寿司^{すし}	すし	壽司
9.茶碗蒸し^{ちゃわんむし}	ちゃわんむし	茶碗蒸

10.土瓶蒸し　　　　どびんむし　　　　陶瓶蒸

11.お握り　　　　　おにぎり　　　　　飯糰

12.味噌汁　　　　　みそしる　　　　　味噌湯

13.大根おろし　　　だいこんおろし　　蘿蔔泥

14.漬物　　　　　　つけもの　　　　　醬菜

15.日本酒　　　　　にほんしゅ　　　　清酒

16.生ビール　　　　なまbeer　　　　　生啤酒

17.どう　　　　　　　　　　　　　　　如何、怎樣

18.いかが　　　　　　　　　　　　　　如何、怎樣

19.と　　　　　　　　　　　　　　　　和、與（助詞）

20.願う　　　　　　ねがう　　　　　　拜託

21.大好き　　　　　だいすき　　　　　非常喜歡

22.生もの　　　　　なまもの　　　　　生的東西

23.苦手　　　　　　にがて　　　　　　不擅長

24.が　　　　　　　　　　　　　　　　雖然……但是
（句尾、接助）

第十九課

ホテル　　飯店

フロント　　　いらっしゃいませ、ご予約のお客様ですか。
　　　　　　　歡迎光臨！請問有訂房嗎？

お客様　　　　いいえ。空いている部屋は　ありますか。
　　　　　　　沒有，可是有空房間嗎？

フロント　　　あいにく　満室でございます。
　　　　　　　真不巧！已經客滿了。
　　　　　　　はい、どんな お部屋が　宜しいでしょうか。
　　　　　　　有的，請問您要哪一種房間呢？

お客様　　　　シングルは　ありますか。
　　　　　　　單人房就可以了。

フロント　　　はい、かしこまりました。
　　　　　　　好的，遵命。

お客様 きゃくさま	一泊、いくらですか。 いっぱく	
	請問住一晚要多少錢？	
フロント	二万円でございます。 にまんえん	
	二萬日圓。	
お客様 きゃくさま	二泊、お願いします。 にはく　ねが	
	那住兩晚。	

生詞與相關辭彙

1.ホテル	hotel	飯店
2.旅館 りょかん	りょかん	日式旅館
3.予約 よやく	よやく	預約
4.空く あ	あく	空的
5.部屋 へ や	へや	房間
6.あいにく		不湊巧
7.満室 まんしつ	まんしつ	住滿、客滿
8.満員 まんいん	まんいん	客滿
9.どんな		怎樣的？
10.宜しい よろ	よろしい	好的、可以

11.シングル	single	單人房
12.ダブル	double	雙人大床
13.ツイン	twin	雙人二床
14.フロント	front desk	大廳櫃檯
15.一泊	いっぱく	一晚
16.二泊	にはく	二晚

第二十課

でんわ
電話をする　　打電話

しょう 鍾	もしもし、菊池先生は　いらっしゃいますか。 きくちせんせい
	もしもし、菊池先生は　いますか。 きくちせんせい
	喂！喂！請問菊池老師在家嗎？

朋子ちゃん　はい、菊池です。どちら様ですか。
ともこ　　　　　　きくち　　　　　さま

　　　　　　　是我，我是菊池，請問你是哪一位呢？

しょう
鍾　　　　　私は　鍾です。
　　　　　　わたし　しょう

　　　　　　我姓鍾。

朋子ちゃん　はい、少々　お待ちください。
ともこ　　　　　しょうしょう　　　ま

　　　　　　知道了，請等一下。

朋子ちゃん　お父さん、鍾さんという人から　電話ですよ。
ともこ　　　　とう　　しょう　　　　ひと　　　　でんわ

　　　　　　爸爸，有位鍾先生打電話找你。

お父さん	わかった、すぐ　行くよ。
	知道了，馬上去接。
菊池先生	はい、お電話　換わりました。
	喂，電話換人接了。
鍾	それでは、　失礼致します。
	那麼！就此告辭了。

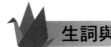

生詞與相關辭彙

1.どちら様	どちらさま	請問您是哪一位
2.どなた		哪一位
3.いらっしゃる		在、有（敬語）
4.いらっしゃらない		不在（敬語）
5.いる		在、有（常體）
6.いない		不在（常體）
7.から		從
8.ちょっと		稍微、一下
9.少々	しょうしょう	稍微、一下
10.すこし		稍微、一下
11.行く	いく	去

12.換わる	かわる	改變、換
13.それでは		那麼
14.失礼する	しつれいする	失禮、不好意思（告辭、打擾時用語）

第二十一課

お誕生日　生日

小尻　お生まれは　何年ですか。

您是生於幾年的？

蔡　一　九　八　六　年です。

我出生於1986年。

小尻　同じ年ですね。お誕生日は　いつですか。

我們是同一年出生的，那您的生日是什麼時候？

蔡　三月十日です。

3月10日。

小尻　今日ですね。お誕生日おめでとうございます。

正好是今天耶！祝您生日快樂！

蔡　ありがとうございます。

謝謝！

小尻さんの誕生日は　何月何日ですか。

小尻小姐的生日是幾月幾日呢？

小尻 （こじり）	私の誕生日（たんじょうび）は　五月六日（ごがつむいか）です。 我的生日是5月6日。
蔡 （さい）	誕生日（たんじょうび）パーティーをやりますか。 您要舉辦生日派對嗎？
小尻 （こじり）	まだ、先（さき）の事（こと）ですから　決（き）めてません。 因為還有一陣子，所以尚未決定。
蔡 （さい）	ああ、そうですか。 啊！原來是這樣子。

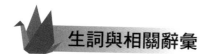 **生詞與相關辭彙**

1.誕生日（たんじょうび）	たんじょうび	生日
2.生まれ（う）	うまれ	出生
3.何年（なんねん）	なんねん	幾年
4.何月（なんがつ）	なんがつ	幾月
5.何日（なんにち）	なんにち	幾號
6.同じ（おな）	おなじ	相同的
7.誕生日（たんじょうび）パーティー	たんじょうびparty	生日派對

8. やる 　　　　　　　　　　　　　　　　做、舉辦

9. 先（さき） 　　　　　さき 　　　　　　前、前面

10. から 　　　　　　　　　　　　　　　因為、從

11. 決（き）める 　　　　きめる 　　　　　決定

一月（いちがつ）	二月（にがつ）	三月（さんがつ）	四月（しがつ）	五月（ごがつ）	六月（ろくがつ）

12. 一月　二月　三月　四月　五月　六月

七月（しちがつ）　八月（はちがつ）　九月（くがつ）　十月（じゅうがつ）　十一月（じゅういちがつ）　十二月（じゅうにがつ）

13. 今月（こんげつ）　来月（らいげつ）　先月（せんげつ）

這個月　下個月　上個月

14. 一日（ついたち）　二日（ふつか）　三日（みっか）　四日（よっか）　五日（いつか）　六日（むいか）

1號　2號　3號　4號　5號　6號

七日（なのか）　八日（ようか）　九日（ここのか）　十日（とおか）　十一日（じゅういちにち）　二十日（はつか）

7號　8號　9號　10號　11號　20號

15. 上旬（じょうじゅん）　中旬（ちゅうじゅん）　下旬（げじゅん）

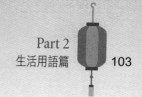

第二十二課

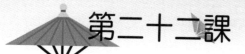

台湾（たいわん）に対（たい）してのイメージ
對於台灣的印象

張（ちょう）さん　　安部（あべ）さん、台湾（たいわん）は　はじめてですか。
　　　　　　　　　安部先生，您第一次來台灣嗎？

安部（あべ）さん　　はい、そうです。
　　　　　　　　　是的！

張（ちょう）さん　　台北（たいぺい）の天気（てんき）は　どうですか。
　　　　　　　　　感覺台北的天氣如何呢？

安部（あべ）さん　　冬（ふゆ）でも、あまり　寒（さむ）くありません。
　　　　　　　　　即使是冬天，但並不怎麼冷。

張（ちょう）さん　　そうですね、台湾（たいわん）では　高山（こうざん）を除（のぞ）いて　平地（へいち）は　雪（ゆき）が　全然（ぜんぜん）降（ふ）りません。
　　　　　　　　　確實如此！在台灣除了高山外，平地是完全不會下雪的。

安部さん　　これは　ありがたいですね!

這個，很不錯！

張さん　　台湾の人は　どうですか。

您覺得台灣人怎樣？

安部さん　　とても　心が温かくて　親切です。

非常熱情與親切。

張さん　　台湾料理は　どうですか。

您感覺台灣料理如何？

安部さん　　まろやかで　うまいです。

可口好吃。

張さん、日本に　行ったことが　ありますか。

張小姐，您去過日本嗎？

張さん　　はい、でも一回しかありません。

是的！但只有一次而已。

安部さん　　日本の人は　どうでしたか。

您覺得日本人怎樣？

張さん　　礼儀が　正しく　親切です。

既有禮貌又親切。

安部さん 日本料理は どうでしたか。

您感覺日本料理如何？

張 さん 刺身は 非常に 新鮮で 美味しかったです。

生魚片非常新鮮與好吃。

でも、ちょっと 高かったですね。

但是，有點貴。

安部さん 確かに そうですね。

確實如此！

台湾と 比べたら 日本の物価は 高いです。

跟台灣比日本的物價是比較高的。

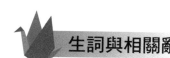
生詞與相關辭彙

1.はじめて		初次
2.どう		怎樣、如何
3.でも		即使、縱然
4.あまり		太
5.寒い	さむい	寒冷的

6.暑い	あつい	熱的
7.除く	のぞく	除此之外
8.全然	ぜんぜん	完全
9.まろやか		可口、順口
10.暖かい	あたたかい	暖和的、熱情的
11.冷たい	つめたい	冰的、冷漠的
12.一回	いっかい	一次
13.しかない		僅
14.礼儀	れいぎ	禮貌、禮儀
15.正しい	ただしい	正確的、標準的
16.ちょっと		稍微、有點
17.高い	たかい	高的、貴的
18.安い	やすい	便宜的
19.確か	たしか	確實
20.と		和、與（助詞）
21.比べる	くらべる	比、比較

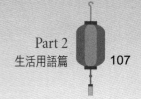

第二十三課

病気（びょうき）　　生病

野田（のだ）　　謝さん、顔色（かおいろ）が　あまり 良くないようですけど、
病気（びょうき）ですか。
謝先生，你的臉色看起來好像不是很好的樣子，生
病了嗎？

謝（しゃ）　　はい、昨日（きのう）　風邪（かぜ）を　ひいたんです。
是的，昨天感冒了。

野田（のだ）　　どんな 症状（しょうじょう）ですか。
有什麼症狀呢？

謝（しゃ）　　頭（あたま）と喉（のど）が　痛（いた）いんです。
頭痛和喉嚨痛。

野田（のだ）　　熱（ねつ）は　ありますか。
有發燒嗎？

謝　　　いいえ、ないです。

　　　　没有。

野田　　今日　お体の具合は　いかがですか。

　　　　今天身體狀況感覺怎樣呢？

謝　　　薬を　飲んだんので、だいぶ　治りました。もう
　　　　大丈夫です。

　　　　因為吃了藥後，所以大致康復了，已經沒問題了。

野田　　それは　よかったですね。お大事に。

　　　　那太好了！請多保重！

生詞與相關辭彙

1.顔つき	かおつき	神色、表情
2.顔色	かおいろ	臉色、表情
3.良い	よい	好的
4.から		因為（主觀）
5.ので		因為（客觀）
6.病気	びょうき	生病
7.病院	びょういん	醫院

8.医者	いしゃ	醫生
9.風邪	かぜ	感冒
10.ひく		得到、拉
11.下痢	げり	腹瀉
12.頭痛	ずつう	頭痛
13.腹痛	ふくつう	肚子痛
14. 症状	しょうじょう	症狀
15.喉	のど	喉嚨
16.痛い	いたい	痛的
17.熱	ねつ	熱的
18. 体	からだ	身體
19.具合	ぐあい	狀況、情形
20.いかが		如何、怎樣
21. 薬	くすり	藥
22.飲む	のむ	飲、吞
23.大部	だいぶ	大部分
24.治る	なおる	治療
25.大丈夫	だいじょうぶ	沒問題
26.大事	だいじ	重要、保重
27.けど（けれども）		雖然……但是（接助）

第三篇

補充資料

形容詞與

常見特殊生活用語

1.懐かしい　　　　　　　　懷念的

2.怖い　　　　　　　　　　可怕的

3.乏しい　　　　　　　　　缺乏的

4.いとおしい　　　　　　　可愛的

5.広い　　　　　　　　　　寬的、廣大的

6.狭い　　　　　　　　　　窄的

7.珍しい　　　　　　　　　珍奇的

8.生々しい　　　　　　　　活生生的

9.鈍い　　　　　　　　　　鈍的

10.ずうずうしい　　　　　　不要臉的

11.鈍い　　　　　　　　　　遲鈍的

12.ばかばかしい　　　　　　非常愚蠢的

13.鋭い　　　　　　　　　　敏銳的

14.すがすがしい　　　　　　清爽的

15.渋い　　　　　　　　　　畏縮的、苦澀的

16.面倒くさい　　　　　　　　麻煩的
　　めんどう

17.正しい　　　　　　　　　　正的、正確的
　　ただ

18.情けない　　　　　　　　　無情的
　　なさ

19.親しい　　　　　　　　　　親近的
　　した

20.憎い　　　　　　　　　　　憎恨的
　　にく

21.濃い　　　　　　　　　　　濃的
　　こ

22.薄い　　　　　　　　　　　薄的、淡的
　　うす

23.辛い　　　　　　　　　　　辣的
　　から

24.甘い　　　　　　　　　　　甜的
　　あま

25.酸っぱい　　　　　　　　　酸的
　　す

26.しょっぱい　　　　　　　　鹹的

27.苦い　　　　　　　　　　　苦的
　　にが

28.生臭い　　　　　　　　　　腥的
　　なまぐさ

29.貧しい　　　　　　　　　　貧窮的
　　まず

30.凄まじい　　　　　　　　　凄慘的
　　すさ

31.激しい　　　　　　　　　　劇烈的
　　はげ

32.わざとらしい　　　　　　　故意的、裝模作樣

33.険しい　　　　　　　　　　險峻的
　　けわ

34.危ない　　　　　　　　　　危險的
　　あぶ

35.ややこしい　　　　　　　　複雜的

36.怪しい　　　　　　　　　　奇怪的
　　あや

37.惜しい　　　　　　　　　　可惜的
　　お

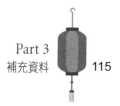

38.	酷<ruby>酷<rt>ひど</rt></ruby>い	過分的
39.	グレー	灰色
40.	ピンク	粉紅色
41.	<ruby>緑<rt>みどり</rt></ruby>	綠色的
42.	<ruby>黄<rt>き</rt></ruby><ruby>色<rt>いろ</rt></ruby>い	黃色的
43.	<ruby>白<rt>しろ</rt></ruby>い	白色的
44.	<ruby>黒<rt>くろ</rt></ruby>い	黑色的
45.	<ruby>赤<rt>あか</rt></ruby>い	紅色的
46.	<ruby>青<rt>あお</rt></ruby>い	藍的、綠的
47.	<ruby>賢<rt>かしこ</rt></ruby>い	聰明的
48.	<ruby>眩<rt>まぶ</rt></ruby>しい	耀眼的
49.	ふさわしい	適合的
50.	<ruby>恥<rt>はずか</rt></ruby>しい	羞恥的
51.	<ruby>厚<rt>あつ</rt></ruby>かましい	厚臉皮的
52.	<ruby>女々<rt>めめ</rt></ruby>しい	娘娘腔的
53.	<ruby>雄雄<rt>おお</rt></ruby>しい	男子氣概的
54.	<ruby>嫌<rt>きら</rt></ruby>い	討厭的
55.	<ruby>好<rt>す</rt></ruby>き	喜歡的
56.	<ruby>馬鹿<rt>ばか</rt></ruby>	傻瓜
57.	<ruby>阿呆<rt>あほう</rt></ruby>	傻瓜
58.	<ruby>最高<rt>さいこう</rt></ruby>	最高、最棒
59.	<ruby>最低<rt>さいてい</rt></ruby>	最低、最差勁

60.一番 （いちばん）	最好、最棒
61.無理 （むり）	勉強的
62.ぶす	醜女
63.痴漢 （ちかん）	色情狂
64.畜生 （ちくしょう）	畜生
65.屑 （くず）	垃圾、雜碎
66.綺麗 （きれい）	漂亮的
67.お洒落 （しゃれ）	時髦裝扮
68.可哀相 （かわいそう）	可憐的
69.残念 （ざんねん）	可惜的
70.大丈夫 （だいじょうぶ）	沒問題的
71.素敵 （すてき）	很棒的
72.すけべえ	好色的
73.ポルノ	色情的
74.えっち(H)	色情的
75.マフィア	暴力團體
76.やくざ	流氓

第四篇

日文習字帖

平假名五十音表

a	ka	sa	ta	na	ha	ma	ya	ra	wa	n
あ	か	さ	た	な	は	ま	や	ら	わ	ん
i	ki	shi (si)	chi (ti)	ni	hi	mi	i	ri	i	
い	き	し	ち	に	ひ	み	い	り	ゐ	
u	ku	su	tsu (tu)	nu	fu (hu)	mu	yu	ru	u	
う	く	す	つ	ぬ	ふ	む	ゆ	る	う	
e	ke	se	te	ne	he	me	e	re	e	
え	け	せ	て	ね	へ	め	え	れ	ゑ	
o	ko	so	to	no	ho	mo	yo	ro	wo	
お	こ	そ	と	の	ほ	も	よ	ろ	を	

生活日語上手

平假名濁音表

(1)

ga	が	gi	ぎ	gu	ぐ	ge	げ	go	ご
za	ざ	ji	じ	zu	ず	ze	ぜ	zo	ぞ
da	だ	ji	ぢ	zu	づ	de	で	do	ど
ba	ば	bi	び	bu	ぶ	be	べ	bo	ぼ
pa	ぱ	pi	ぴ	pu	ぷ	pe	ぺ	po	ぽ

(2)

kya	きゃ	kyu	きゅ	kyo	きょ
sha	しゃ	shu	しゅ	sho	しょ
cha	ちゃ	chu	ちゅ	cho	ちょ
nya	にゃ	nyu	にゅ	nyo	にょ
hya	ひゃ	hyu	ひゅ	hyo	ひょ
mya	みゃ	myu	みゅ	myo	みょ
rya	りゃ	ryu	りゅ	ryo	りょ

gya	ぎゃ	gyu	ぎゅ	gyo	ぎょ
ja	じゃ	ju	じゅ	jo	じょ

bya	びゃ	byu	びゅ	byo	びょ
pya	ぴゃ	pyu	ぴゅ	pyo	ぴょ

a	あ	⇄	↓亡	あ	あ	あ	あ			
i	い	↓し	い	い	い	い				
u	う	⇒	う	う	う	う				
e	え	⇒	え	え	え	え	え			
o	お	⇄	お	お	お	お	お			

ka	プ	か	が	か	か	か			
ki	⇒	⇒	き	き	き	き	き		
ku	≪	く	く	く					
ke	⇂	に	け	け	け	け			
ko	⇒	こ	こ	こ	こ				

sa		ニ	さ	さ	さ	さ	さ			
shi		し	し	し	し	し				
su		ニ	す	す	す	す				
se		ニ	せ	せ	せ	せ	せ			
so		`	そ	そ	そ	そ				

生活日語上手

ta た	⸗	け	だ	た	た	た		
chi ち	⸗	ち	ち	ち	ち			
tsu つ	う	つ	つ	つ				
te て	で	て	て	て				
to と	ʼʼ	と	と	と	と			

na	﹦	け	な	な	な	な	な		
な									
ni	⇊	に	に	に	に	に			
に									
nu	い	ぬ	ぬ	ぬ	ぬ				
ぬ									
ne	⇊	ね	ね	ね	ね				
ね									
no	の	の	の	の					
の									

ha								
は	⇃⇂	⸍⸝	は	は	は	は		

hi								
ひ	ひ	ひ	ひ	ひ				

fu								
ぶ	゛	ふ	ふ	ふ	ふ	ふ	ふ	

he								
へ	へ	へ	へ	へ				

ho								
ほ	⇃⇂	⸍⸝	⸍⸝	ほ	ほ	ほ	ほ	

ma									
ま	⇉	⇉	ま	ま	ま	ま			

mi									
み	み	み	み	み	み				

mu									
む	⇉	む	む	む	む	む			

me									
め	い	め	め	め	め				

mo									
も	し	も	も	も	も	も			

ya		ら	ぅ	や	や	や	や			
yu		ゆ	ゆ	ゆ	ゆ	ゆ				
yo		よ	よ	よ	よ	よ				

ra		ら	ら	ら	ら				
ri		り	り	り	り				
ru		る	る	る	る				
re		れ	れ	れ	れ				
ro		ろ	ろ	ろ	ろ				

wa	↓↓	わ	わ	わ	わ				
わ									
n	ん	ん	ん	ん					
ん									
o	⁼	を	を	を	を	を			
を									

ga	が	が							
が									
gi									
ぎ									
gu									
ぐ									
ge									
げ									
go									
ご									

za	ざ							
ji	じ							
zu	ず							
ze	ぜ							
zo	ぞ							

da	だ									
ji	ぢ									
zu	づ									
de	で									
do	ど									

ba ば								
bi び								
bu ぶ								
be べ								
bo ぼ								

pa	ぱ							
pi	ぴ							
pu	ぷ							
pe	ぺ							
po	ぽ							

拗 音 表

(1)

ミャ みゃ mya	ヒャ ひゃ hya	ニャ にゃ nya	チャ ちゃ cha	シャ しゃ sha	キャ きゃ kya
ミュ みゅ myu	ヒュ ひゅ hyu	ニュ にゅ nyu	チュ ちゅ chu	シュ しゅ shu	キュ きゅ kyu
ミョ みょ myo	ヒョ ひょ hyo	ニョ にょ nyo	チョ ちょ cho	ショ しょ sho	キョ きょ kyo

(2)

ピャ ぴゃ pya	ビャ びゃ bya	ジャ じゃ ja	ギャ ぎゃ gya	リャ りゃ rya
ピュ ぴゅ pyu	ビュ びゅ byu	ジュ じゅ ju	ギュ ぎゅ gyu	リュ りゅ ryu
ピョ ぴょ pyo	ビョ びょ byo	ジョ じょ jo	ギョ ぎょ gyo	リョ りょ ryo

假名字源一覽表

	ワ	ラ	ヤ	マ	ハ	ナ	タ	サ	カ	ア	片假名
	和ワ wa	良ラ ra	也ヤ ya	万マ ma	八ハ ha	奈ナ na	多タ ta	散サ sa	加カ ka	阿ア a	
	井ヰ i	利リ ri	伊イ i	三ミ mi	比ヒ hi	仁ニ ni	千チ chi	之シ shi	幾キ ki	伊イ i	
	宇ウ u	流ル ru	由ユ yu	牟ム mu	不フ hu	奴ヌ nu	川ツ tsu	須ス su	久ク ku	宇ウ u	
	慧ヱ e	礼レ re	江エ e	女メ me	部ヘ he	祢ネ ne	天テ te	世セ se	介ケ ke	江エ e	
	乎ヲ o	呂ロ ro	與ヨ yo	毛モ mo	保ホ ho	乃ノ no	止ト to	曽ソ so	己コ ko	於オ o	

	ワ	ラ	ヤ	マ	ハ	ナ	タ	サ	カ	ア	平假名
	和 わ	良 ら	也 や	末 ま	波 は	奈 な	太 た	左 さ	加 か	安 あ	
	為 ゐ	利 り	以 い	美 み	比 ひ	仁 に	知 ち	之 し	幾 き	以 い	
	宇 う	留 る	由 ゆ	武 む	不 ふ	奴 ぬ	川 つ	寸 す	久 く	宇 う	
	恵 ゑ	礼 れ	衣 え	女 め	部 へ	祢 ね	天 て	世 せ	計 け	衣 え	
	遠 を	呂 ろ	与 よ	毛 も	保 ほ	乃 の	止 と	曽 そ	己 こ	於 お	

片假名五十音表

	a	ア	i	イ	u	ウ	e	エ	o	オ
k	ka	カ	ki	キ	ku	ク	ke	ケ	ko	コ
s	sa	サ	shi	シ	su	ス	se	セ	so	ソ
t	ta	タ	chi	チ	tsu	ツ	te	テ	to	ト
n	na	ナ	ni	ニ	nu	ヌ	ne	ネ	no	ノ
h	ha	ハ	hi	ヒ	fu	フ	he	ヘ	ho	ホ
m	ma	マ	mi	ミ	mu	ム	me	メ	mo	モ
y	ya	ヤ	(i)	(イ)	yu	ユ	(e)	(エ)	yo	ヨ
r	ra	ラ	ri	リ	ru	ル	re	レ	ro	ロ
w	wa	ワ	(i)	(イ)	(u)	(ウ)	(e)	(エ)	o	ヲ
	n	ン								

片假名濁音表

(1)

ga	ガ	gi	ギ	gu	グ	ge	ゲ	go	ゴ
za	ザ	ji	ジ	zu	ズ	ze	ゼ	zo	ゾ
da	ダ	ji	ヂ	zu	ヅ	de	デ	do	ド
ba	バ	bi	ビ	bu	ブ	be	ベ	bo	ボ
pa	パ	pi	ピ	pu	プ	pe	ペ	po	ポ

(2)

kya	キャ	kyu	キュ	kyo	キョ
sha	シャ	shu	シュ	sho	ショ
cha	チャ	chu	チュ	cho	チョ
nya	ニャ	nyu	ニュ	nyo	ニョ
hya	ヒャ	hyu	ヒュ	hyo	ヒョ
mya	ミャ	myu	ミュ	myo	ミョ
rya	リャ	ryu	リュ	ryo	リョ

gya	ギャ	gyu	ギュ	gyo	ギョ
ja	ジャ	ju	ジュ	jo	ジョ

bya	ビャ	byu	ビュ	byo	ビョ
pya	ピャ	pyu	ピュ	pyo	ピョ

a ア	➔	ア	ア	ア	ア				
i イ	ク	イ	イ	イ	イ				
u ウ	゛	゛	ウ	ウ	ウ	ウ			
e エ	=	工	工	工	工	工			
o オ	ニ	才	オ	オ	オ	オ			

ka	ヲ	カ	カ	カ	カ			

ki	一	二	キ	キ	キ			

ku	ク	ク	ク	ク	ク			

ke	ク	ゲ	ケ	ケ	ケ	ケ		

ko	ヿ	コ	コ	コ	コ			

sa サ	二	十	サ	サ	サ	サ			
shi シ	゛	゛゛	シ	シ	シ	シ			
su ス	ア	ス	ス	ス	ス				
se セ	ラ	セ	セ	セ	セ				
so ソ	゛	゛	ソ	ソ	ソ				

ta		゛	ク	タ	タ	タ	タ			
夕										
chi		ニ	ニ	チ	チ	チ	チ			
チ										
tsu		゛	゛	ツ	ツ	ツ	ツ			
ツ										
te		ニ	ニ	テ	テ	テ	テ			
テ										
to		゛	ト	ト	ト	ト				
ト										

| na | 二 | ナ | ナ | ナ | ナ | | | | |
|
ナ | | | | | | | | | |
| ni | 二 | 二 | 二 | 二 | 二 | | | | |
|
二 | | | | | | | | | |
| nu | ア | ヌ | ヌ | ヌ | ヌ | | | | |
|
ヌ | | | | | | | | | |
| ne | ↓ | ラ | ネ | ネ | ネ | ネ | ネ | | |
|
ネ | | | | | | | | | |
| no | ノ | ノ | ノ | ノ | ノ | | | | |
|
ノ | | | | | | | | | |

ha		ソ	ハ	ハ	ハ	ハ				
ハ										
hi		ニ	ヒ	ヒ	ヒ	ヒ				
ヒ										
fu		フ	フ	フ	フ					
フ										
he		ヘ	ヘ	ヘ	ヘ					
ヘ										
ho		一	十	オ	ホ	ホ	ホ	ホ		
ホ										

ma								
マ	ㄱ	マ	▽	▽	▽			
mi								
ミ	=	三	三	三	三	三		
mu								
ム	∠	ㄥ	△	△	△			
me								
メ	ノ	メ	×	×	×			
mo								
モ	ニ	ㅋ	モ	モ	モ	モ		

ya	ラ	ヤ	ヤ	ヤ	ヤ			
yu	ユ	ユ	コ	コ	コ			
yo	ヨ	ヨ	ヨ	ヨ	ヨ	ヨ		

ra								
ラ	ラ	ラ	ラ	ラ	ラ			
ri								
リ	リ	リ	リ	リ	リ			
ru								
ル	リ	ル	ル	ル	ル			
re								
レ	レ	レ	レ	レ	レ			
ro								
ロ	ロ	ロ	ロ	ロ	ロ			

wa		ワ	ヲ	ワ	ワ	ワ			
ウ									
o		ニ	三	ヲ	ヲ	ヲ	ヲ		
ヲ									
n		ヽ	ン	ン	ン	ン			
ン									

ga ガ	カ	カ							
gi ギ									
gu グ									
ge ゲ									
go ゴ									

za	ザ								
ji	ジ								
zu	ズ								
ze	ゼ								
zo	ゾ								

da	ダ								
ji	ヂ								
zu	ヅ								
de	デ								
do	ド								

ba	バ								
bi	ビ								
bu	ブ								
be	ベ								
bo	ボ								

pa	パ°								
pi	ピ°								
pu	プ°								
pe	ペ°								
po	ポ°								

生活日語上手

編 著 者／鍾錦祥
　CD錄音／武田牧人、內田櫻、下鳥陽子
出 版 者／揚智文化事業股份有限公司
發 行 人／葉忠賢
總 編 輯／閻富萍
特約執編／鄭美珠
地　　址／新北市深坑區北深路三段 260 號 8 樓
電　　話／(02)8662-6826
傳　　真／(02)2664-7633
網　　址／http://www.ycrc.com.tw
　E-mail／service@ycrc.com.tw
ＩＳＢＮ／978-986-298-234-1
初版一刷／2016 年 9 月
定　　價／新台幣 300 元

國家圖書館出版品預行編目（CIP）資料

生活日語上手 / 鍾錦祥編著. -- 初版. -- 新
北市：揚智文化, 2016.09
面；　公分

ISBN 978-986-298-234-1（平裝附光碟片）

1.日語　2.讀本

803.18　　　　　　　　　　　105014782